La Vedette
de la ronflette

Les Éditions du Boréal remercient le Conseil des Arts du Canada
ainsi que le ministère du Patrimoine canadien et la SODEC
pour leur soutien financier.

Les Éditions du Boréal bénéficient également du Programme
de crédit d'impôt pour l'édition de livres du gouvernement
du Québec.

Diffusion au Canada : Dimedia
Distribution et diffusion en Europe : Les Éditions du Seuil

Données de catalogage avant publication (Canada)
Plante, Raymond, 1947-

La Vedette de la ronflette

(Boréal Maboul)

(Bébert et les Doguadous ; 2)

Pour enfants de 6 ans et plus.

ISBN 2-7646-0360-6

I. Franson, Leanne. II. Titre. III. Collection. IV. Plante, Raymond, 1947-   . Bébert et les Doguadous ; 2.

PS8581.L33V415   2005   jC843'.54   C2005-940125-7
PS9581.L33V415   2005

Ottawa Public Library
Greenboro
613-580-2940

Checked Out Items 2018/04/24
16:26
XXXXXXXXXXX8990

Title	Due Date
1. Nate, le seul et unique	2018/05/15
2. Abracadabra, Lorina!	2018/05/15
3. Je suis épouvantable	2018/05/15
4. La vedette de la ronflette	2018/05/15
5. J'aime lire	2018/05/15

Amount Outstanding: $14.75

For more information about your
account visit
www.biblioottawalibrary.ca
www.facebook.com/OPLBPO
www.twitter.com/opl_bpo

Bébert et les Doguadous

La Vedette
de la ronflette

texte de Raymond Plante
illustrations de Leanne Franson

Boréal Maboul

1

Où sont passés Jules et Jim Truffo ?

Il y a quelques lunes, moi, Bébert Waff, je suis devenu un Doguadou. J'ai promis de ne jamais trahir le secret de cette bande de chiens. Depuis, je me sens tout drôle.

À la maison, le matin, je joue l'ensommeillé. Toute la famille part. Jean-Claude et Mimi, mes grands maîtres, vont à leur travail. La petite Margot et Rudy à leur école. Ils croient que je vais veiller sur la maison et sur leurs affaires. Ils s'imaginent que je vais roupiller en attendant leur retour.

— Bonne ronflette, souffle Margot en me donnant un bisou sur la truffe.

Et moi, qu'est-ce que je fais ?

Chaque jour, au début de l'après-midi, je descends au sous-sol et je me dirige vers ce bout de tuyau que j'effleure du museau. Je me glisse par l'ouverture du mur. Puis, en prenant garde de ne pas être vu par des policiers en patrouille, je rejoins les Doguadous au caniparc.

Je suis heureux lorsque je rencontre Lou avant les autres. Nom d'un os à poils, mon cœur bat à tout rompre. Justement, aujourd'hui, nous faisons le dernier bout de chemin ensemble.

— Je suis devenu le roi des hypocrites.

Voilà ce que j'avoue à ma belle gol-

den retriever. Elle se met à battre de la queue.

— Tu n'es pas hypocrite. Tu es un grand comédien.

Moi, Bébert, un grand comédien ! Allons donc, elle veut me flatter. Mais devant ma mine étonnée, Lou insiste :

— C'est vrai, tu joues simplement la comédie. Les hypocrites font du mal à leur famille. Toi, tu viens t'amuser, c'est tout.

Je veux ajouter :

— Et te rencontrer.

Je ne peux pas. Léo La Pagaille, ce boxer qui semble avoir des ressorts dans les pattes arrière, se dirige vers nous.

— Vous voilà ! aboie-t-il.

Il zigzague pour nous inviter à le suivre.

Son énervement nous fait imaginer le pire. Quel malheur a frappé les Doguadous ?

Sous les estrades du terrain de football, le saint-bernard plein de rides qui est notre chef semble dans un mauvais jour. Balzouc a la truffe d'un chien qui a trop respiré de fumée de cigare.

À ses côtés, Pouf, son bras droit, tente d'imiter la physionomie de son chef. Pas facile pour un basset d'imiter un saint-bernard. Miss Joséphine, la labrador noire, les console.

— Peut-être qu'ils sont en voyage.

— De qui parlez-vous ? demande Lou.

Balzouc nous explique la cause de ses soucis. Depuis trois jours, Jules et Jim Truffo ont disparu.

— Ils n'ont pas montré le bout du museau, renchérit Pouf.

Balzouc poursuit :

— Je m'inquiète parce qu'il y va de notre existence.

— Notre existence ? je répète, étonné.

— S'il fallait qu'ils aient été imprudents, qu'un humain ait découvert le passage secret ! Les Doguadous seraient finis. Kaput !

Nom d'un os à poils, Balzouc est sérieux. Jules et Jim, ces deux joyeux camarades, ne pensent souvent qu'à s'amuser.

— Ils ont la tête un peu légère, souligne Léo, qui est pourtant distrait comme un singe à moto.

Nous ne rions pas. Nous pensons à tous

les malheurs qui ont pu arriver à Jules et à Jim Truffo.

Balzouc soupire. Longuement. Puis il déclare :

— Il faut agir. J'ai un plan. Pouf va vous l'exposer.

Le basset secoue ses puces. Dans son cas, ça signifie battre très fort des oreilles. Il prend son air le plus conspirateur.

— Voici ce que j'ai imaginé pour Balzouc.

Avant même qu'il s'aventure plus loin, une drôle d'odeur chatouille nos truffes et un double jappement retentit.

2

En vedette : Jules et Jim Truffo !

Ce sont Jules et Jim Truffo. Ceux-là mêmes qui nous causent des inquiétudes. Ils aboient en duo. Comme d'habitude, ils se prennent pour des jumeaux même si Jules est un airedale et Jim un cocker.

Ils n'auraient pas besoin d'aboyer pour s'annoncer tellement ils sentent le parfum. Le genre de parfum qui me fait éternuer chaque fois que mon museau le croise. Jules et Jim sont propres et portent un foulard au cou. Ils paraissent fiers de leur tenue.

Pourtant les Doguadous ne sont pas fous du toilettage.

Jim déclare, avec un petit accent pointu :

— Nous avons fait du cinéma.

— Nous avons joué dans une annonce publicitaire, poursuit Jules.

— La pub, c'est notre affaire, concluent-ils en chœur.

Il faut voir la tête de Balzouc. Plus plissée

qu'un vieux chiffon. Miss Joséphine n'arrive pas à fermer les mâchoires tant elle est surprise. Léo La Pagaille et Pouf se bousculent pour être plus près des nouvelles vedettes. Moi, je regarde Lou et j'ai l'impression que des étoiles d'admiration brillent dans ses yeux. Elle les interroge :

— Qu'est-ce que vous avez joué ?

Jules et Jim racontent de quelle manière ils ont vanté les nouvelles céréales pour chiens Chichekeba.

Jules aboie en roulant des yeux. Ça signifie :

— Mium ! Cette nourriture est délicieuse !

Et Jim se roule par terre. Cela veut dire :

— Moi, elle me rend fou.

Alors, je dis :

— Si c'est ça, jouer la comédie, je peux le faire en criant wouf.

Léo La Pagaille réplique :

— Tu es jaloux, Bébert. La jalousie est mauvaise conseillère.

Parfois Léo La Pagaille lance des phrases dont il ne comprend pas le sens, comme :

— Une pomme par jour garde le médecin loin de ta niche.

Quel chien mange une pomme par jour ? Et moi, les médecins me laissent froid, je préfère les vétérinaires.

Miss Joséphine et la petite Lou n'écoutent pas Léo. Elles battent des cils devant nos deux grands comédiens. Miss Joséphine s'informe :

— Avez-vous rencontré des vedettes ?

Jules bombe le torse :

— À part nous, il y avait Cannelle Numéro 5.

J'ai déjà connu un lévrier qui s'appelait Louis Quatorze, mais je préfère être Bébert Premier. Un Jim rêveur souligne :

— Cannelle est une jolie caniche. Elle a

déjà joué dans un long métrage. Elle a même été au Festival de Cannes. Elle m'a dit qu'il y avait beaucoup de caniches au Festival de Cannes.

Pouf rappelle à la meute que sa propre photo a paru dans le journal du quartier. L'été dernier, il a aboyé au moment où des cambrioleurs pénétraient chez le voisin. On a raconté qu'il était un fameux chien de garde.

— Pas tout à fait, ajoute Balzouc, Pouf s'imaginait qu'il s'agissait du voisin lui-même. Il aboyait pour le saluer. Il était surpris que l'autre se sauve en entendant ses aboiements.

Les Doguadous rient de la blague du chef. Pouf rit jaune. En vitesse, nous devons regagner nos demeures parce que le temps file.

3

Le rêve de Bébert

La nuit dernière, j'ai fait un rêve. Je marchais dans une ruelle de la métropole. Je me faufilais entre les poubelles, les boîtes de conserve et les vieux matelas éventrés. Je me sentais aussi seul qu'une chaussette sans sa jumelle. Soudain, des applaudissements ont retenti. Ils provenaient d'un terrain de stationnement. Je m'y suis rendu.

Sur une scène montée avec de vieilles portes, une bande de chiens saluaient un public de chats, de rats et de canins égarés. Les chiens qui venaient de terminer un spectacle, je les connaissais tous. C'étaient les Doguadous ! Tous là, sauf moi !

Ce matin, je suis triste comme un os abandonné. Même si c'est samedi. Même si Rudy veut jouer à la balle. Il la lance. Je mets tellement de temps à l'attraper qu'il perd patience.

— Tu n'es pas en forme, Bébert. Dors un peu, ça te fera du bien.

Dans le coin de la cour, je fais semblant de sommeiller. En vérité, je réfléchis. Pourquoi ai-je rêvé que les Doguadous ne m'avaient pas invité ? Ai-je senti que je n'avais pas ma place parmi eux ? Est-ce que je devrais devenir une vedette ?

En réalité, à part me rendre au caniparc, je ne fais pas grand-chose de mes longues journées. Si j'étais acteur, comme Jules et Jim, je serais très occupé. Je laisserais les Doguadous de côté. Pendant mon absence, ils s'ennuieraient de moi. Et quand je reviendrais, ils m'admireraient.

Oh, oui ! Il faut que je devienne un personnage de film ! Un Rintintin plus fort que nature. Un frère de Lassie qui sauve ses amis. Un Beethoven, un Pluto, un Goofy, un Snoopy. J'accepterais même de jouer un dalmatien dans *Les 101 Dalmatiens*. D'accord, il me faudrait beaucoup de maquillage.

J'entends une voix dans ma tête. C'est un acteur déguisé en policier qui cherche un bandit. Il dit :

— Notre malfaiteur a disparu dans cette

forêt. Pour le retrouver, je ne vois qu'une solution. Bébert. Son flair est sans pareil.

À ces mots, j'arrive accompagné d'une grande musique. Je mets mon museau sur la piste. Je cherche, je fouille, je cours, je souris. J'ouvre la gueule et la referme sur le fond de culotte d'un truand.

On applaudit. C'est moi que l'on applaudit. Dans la salle : la petite Lou… Elle murmure :

— Bébert, tu ronflottes.

4

Hemingway

Non, ce n'est pas la voix de Lou. Elle n'émettrait jamais une telle série de miaulements brefs. Ça vient du buisson.

J'ouvre un œil et j'aperçois Hemingway. Il est tapi sous le feuillage, l'œil jaune, le pelage noir. C'est le chat de monsieur Poulin, un écrivain. Depuis notre arrivée ici, nous jouons à être ennemis. Il s'amuse à traverser lentement ma cour, jusqu'à ce que je le poursuive.

— Ça t'arrive souvent de parler tout seul quand tu dors ?

— Les humains ne comprennent pas mes grognements.

Hemingway cligne des yeux.

— Ils ignorent donc que tu veux devenir vedette.

J'ai bien envie de dire à ce chat de se mêler de ses souris, mais je sais qu'il comprend pas mal de choses.

— Tu connais quelqu'un qui m'offrirait un rôle dans un film ?

Il se lèche la patte et se nettoie l'oreille.

— Il y a bien monsieur Godbout, qui habite la rue d'à côté. Mais il tourne des films qui parlent de politique. Est-ce qu'un Bébert de ton espèce veut devenir premier ministre ?

— On m'a dit qu'il y a un monsieur Arcand.

— Il tourne des films pleins d'adultes. Pas d'enfants ! Pas de chiens ! Mais il y a encore monsieur Demers qui produit des films. *La Guerre des tuques* mettait un chien en vedette. Il est mort à la fin de l'histoire, le pauvre. C'était un saint-bernard, le cousin de Balzouc. Il paraît que plusieurs chiens ont passé une audition pour jouer ce personnage. C'est toujours comme ça. Ils choisissent le meilleur.

Nom d'un os à poils ! Se trouver un rôle au cinéma, ce n'est pas une mince affaire.

Rudy vient me chercher avec la laisse. Il a une course à faire. Je l'accompagne en fouinant un peu partout.

Dans la rue principale, celle où il y a des magasins, j'aperçois Jules et Jim Truffo. En attendant leur maîtresse, ils regardent leur reflet dans une vitrine. Ils battent de la queue, tellement occupés à leur petite personne qu'ils ne me voient pas.

5

Le maître de Charlot

Les samedis, les Doguadous prennent congé. En tant que bande, je veux dire. Les enfants ne vont pas à l'école et la plupart des parents ne travaillent pas. Il nous devient donc impossible de nous réunir secrètement. Nous devenons des chiens ordinaires, obéissants, tout.

Aujourd'hui, la petite Margot m'emmène au caniparc. Avec elle, je marche lentement. S'il fallait que je coure, elle deviendrait un cerf-volant derrière moi tant elle est légère.

Dès que nous arrivons, Margot me détache. D'habitude, tous les chiens se précipitent vers le nouvel arrivant pour lui faire une fête de museaux. Pas cette fois. Mes amis forment une petite bande énervée autour d'un homme et d'une femme qui discutent.

Je m'approche.

— Viens vite, c'est un cinéaste, me lance Léo La Pagaille.

Un homme, barbu jusqu'aux yeux, a emmené son nouveau chien appelé Charlot. C'est un jack russell qui arbore un œil noir et une moustache à la Chaplin. Les Doguadous ne s'intéressent pas à lui. Leurs yeux sont rivés sur le cinéaste, qui parle avec la maîtresse de Jules et Jim.

— Ils se connaissent. C'est lui qui a

engagé les faux jumeaux dans une pub, souffle miss Joséphine.

Le barbu informe madame Truffo qu'il cherche des chiens pour une nouvelle publicité.

Un courant électrique parcourt aussitôt la bande. Pour attirer l'attention du maître de Charlot, chacun tente de démontrer qu'il peut exécuter un tour extraordinaire.

Jules et Jim Truffo se mettent à danser. Ils ont l'air ridicule, nom d'un os à poil !

Ils se trémoussent sur une musique du type « claque, claque dans les pattes ». Petit coup de patte par-là ! Vibrations de la queue par-ci !

Pendant un moment, le cinéaste se demande ce qu'ils fabriquent.

Pouf, le basset, enchaîne avec une acrobatie. Il soulève son gros derrière et marche sur ses pattes avant. Au bout de trois pas, il met une patte sur une de ses longues oreilles qui traînent sur le sol. Et Pouf fait pouf sur son museau.

Balzouc rigole. Il roule, ce qui occasionne presque un tremblement de terre.

Léo La Pagaille saute en faisant des pirouettes et atterrit sur le dos de miss Joséphine. La labrador n'est pas contente et attrape le boxer par la peau du cou.

Ah ! Il pourrait y avoir de la bagarre. Pour calmer les canins, je hurle comme un loup.

— Bien, s'exclame le cinéaste, voilà une imitation assez réussie.

En entendant ce compliment, je frissonne de plaisir. S'il fallait que cet homme me trouve génial. S'il décidait que j'ai l'étoffe d'un grand acteur. Je ne perds pas une seconde et je tente de hennir comme un cheval. Oh la la ! C'est très difficile ! Un loup, pour un berger de ma sorte, c'est du tout cuit. Un cheval ? Pas du tout.

— Son imitation du rhinocéros n'est pas au point, juge la maîtresse de Jules et Jim.

De quoi se mêle-t-elle, celle-là ? Le cinéaste barbu lui répond :

— Un rhinocéros ? Je croyais que ce chien imitait une girafe.

Ils rient. Une girafe ? Je ne sais même pas quel cri les girafes produisent. Si les chiens rougissaient, je serais une boule de feu.

Peut-être pour me tirer d'embarras, Lou se met à courir. Elle se dirige vers une flaque d'eau, plonge et patauge dans la boue.

Le cinéaste la trouve très drôle. Même son chien Charlot dodeline de la tête.

— Elle serait parfaite pour promouvoir des essuie-tout.

— Et les couches de bébés ! renchérit madame Truffo.

— À moins qu'on la plonge ensuite dans un bain de mousse.

Lou est très douce, mais espiègle comme une ourse. Elle n'a besoin d'aucun cours de comédie.

Quand le cinéaste s'approche d'elle pour l'examiner de plus près, elle se secoue énergiquement. L'homme est éclaboussé. N'importe qui se fâcherait. Lui, il s'exclame qu'elle est une comique. Allez comprendre les humains, nom d'un os à poils !

6

L'été des Indiens

J'ai vécu un dimanche terrible. Je me suis couché au fond de la cour. Il faisait très chaud. Pourtant le mois d'octobre commence.

Hemingway est passé.

— J'ai entendu dire que tu avais imité un kangourou, a-t-il miaulé.

J'ai préféré ne rien répondre. Certains jours, il vaut mieux garder sa langue pour soi et ne pas la donner aux chats.

Aujourd'hui, c'est lundi. Au début de l'après-midi, je sors. Je marche très lentement.

Je m'attarde à la moindre odeur pour ne pas me rendre au caniparc trop vite.

Je finis tout de même par arriver en vue du grand terrain. Les Doguadous ont l'air de s'ennuyer. Ils ont le museau cloué au sol. Ils cherchent quelque chose à faire. Ils ne trouvent rien… ni Léo La Pagaille, ni Pouf et Balzouc, pas plus miss Joséphine que Jules et Jim.

Lou n'est pas là. Elle doit jouer dans un studio ou devant les caméras. Je ne suis pas le seul à rêver d'être comédien. Au lieu de rejoindre les copains, j'emprunte une route que je ne connais pas. Elle mène au pont d'acier qui enjambe le fleuve.

Devant moi, j'aperçois une camionnette blanche. Sur son toit, des gyrophares

tournent. Nom d'un os à poils, des policiers m'ont peut-être repéré. Si c'est le cas, je ne deviendrai jamais vedette de cinéma, je serai la honte des Doguadous. Le premier membre de la société secrète à se faire harponner par des agents.

Je longe une haie et je me fais tout petit. Pour un berger de mon espèce, ce n'est pas facile.

De l'autre côté de la camionnette, je distingue un appareil que je reconnais. Je ne me trompe pas. Il s'agit d'une caméra. Le caméraman filme une jeune femme qui tient un microphone. Derrière elle, il y a le fleuve, le pont et le soleil. Ce soleil qui n'arrête pas de nous donner sa chaleur. Je m'approche.

La jeune femme raconte que le beau temps se poursuivra au cours des prochains jours.

— Une semaine d'automne merveilleuse. On peut le dire, c'est l'été des Indiens.

Tiens, le joli nom ! Tellement plus sympathique qu'un temps de chien. Quand il fait un temps de chien, les gens se plaignent. Pourtant ils nous aiment bien. Allez comprendre quelque chose.

Je me faufile derrière la jeune dame, je regarde le caméraman. Je lui tire la langue et je poursuis ma route, clopin-clopant.

Au coin de la rue de la maison, Lou m'attend. Elle bat de la queue.

— Que fais-tu là ?

Elle répond ce que j'espère entendre :

— Je t'attendais. Je me demandais ce que tu devenais.

— Je me baladais.

— La prochaine fois, avertis-moi. J'aime les balades, moi aussi. Je préfère les balades au cinéma.

Et elle s'en va en balançant les hanches. Personne ne balance les hanches aussi bien que cette Lou, nom d'un os à poils !

7

C'est Bébert à la télé

Ce soir, Rudy, la petite Margot, Mimi et Jean-Claude sont dans le salon, devant la télévision. Entre deux émissions, Jean-Claude se met à zapper. Il est content quand c'est lui qui tient la télécommande.

Rudy dit :

— Bébert dort encore. Il ronfle tout le temps.

S'il savait combien mes après-midi m'occupent.

Par hasard, Jean-Claude atterrit sur le canal météo. Margot s'exclame :

— Attends, papa !

À l'écran, un jeune femme, dont je reconnais la voix, annonce que nous sommes en plein été des Indiens.

— C'est Bébert, s'écrie Mimi.

— Où ?

— Là, derrière.

Je fais mine de dormir très profondément. Je ronfle même un peu.

— Impossible, dit Margot. Il dort ici toute la journée. Notre Bébert ne montrerait jamais la langue à la caméra. Il est la vedette de la ronflette.

Je ne bronche pas. Je ne suis pas hypocrite, je suis un grand comédien. Dans la vie,
oui. C'est Lou qui me l'a dit.

Et puis, la vedette de la ronflette, c'est
mignon comme tout pour un Doguadou !

BÉBERT

C'est quoi, Maboul ?

Quand tu commences à lire, c'est parfois difficile.

Avec **Boréal Maboul,** ça devient facile.

- Tu choisis les séries qui te plaisent.
- Tu retrouves tes héros favoris.
- Les histoires sont captivantes.
- Les chapitres sont courts.
- Les mots et les phrases sont simples.
- Les illustrations t'aident à bien comprendre l'histoire.

Les Éditions du Boréal
4447, rue Saint-Denis
Montréal (Québec) H2J 2L2
www.editionsboreal.qc.ca

MISE EN PAGES ET TYPOGRAPHIE :
LES ÉDITIONS DU BORÉAL

ACHEVÉ D'IMPRIMER EN FÉVRIER 2005
SUR LES PRESSES DE TRANSCONTINENTAL
IMPRIMERIE MÉTROLITHO, À SHERBROOKE (QUÉBEC).